KB089687

새로운 꽃들이 피었다

새로운 꽃들이 피었다

이주현 시집

소울앤북

언젠가 기도할 때 어렴풋이 느끼고 보게 되는 주님의 아름다움을 표현해보고 싶다는 생각이 들었습니다. 그래서 묵상한 내용을 시로 써 보았습니다. 시를 쓰면서 하나님의 마음을 묻기도 했고, 어떤 시에서는 하나님과 공동체의 사랑을 표현했습니다.

제가 쓴 시에 멜로디를 붙여보면 어떨까 해서, 악보를 처음으로 그려보고 녹음도 해보았습니다. 소리를 내어 부르니 힘이 더 붙고, 시를 더 쉽게 기억하게 되었습니다.

한 그루 나무 아래 사랑을 풀어놓고
하루라는 밭을 가는 나를 불러주시는 것만으로도 행복해
꽃잎의 결을 빗듯이 나를 빗어주시는
당신을 위해 기도하는 시간이 아름다워요

이 시집의 소제목들입니다.

날마다 새롭게 되어 시의 꽃들이 피어났듯이, 인도하시는 그 길 위에서 걸음마다 새로운 생명, 새로운 꽃들이 피기를 기대합니다.

God bless you!

빛이 잘 드는 집에서

이주현

| 차례 |

1부

한 그루 나무 아래

기억해

알 수 없는 일들이
일어나고 있는 시간들
기억해
기억해

나는 네 하나님이라
너를 사랑했노라
나는 너의 큰 상급
네가 복의 근원 되게 하리라

내게 주어진 시간이 헷갈려
주님 말씀 듣고 싶어
돌아가자
돌아가자

나는 너를 구원한
너의 창조주

널 얼마나 사랑하는지
나의 안에 있으라

종이야, 어디로

헤어짐은
물에 젖은 흰 종이를 짜서 나오는 물처럼
아플까 싶더니
말린 종이가 펴져 여러 색들의 불빛에 비쳐진 것
처럼
무지갯빛 축복의 축제로 덮여졌다

마지막에는 사랑만이 남았다

그곳을 나와 걸어간 종이는 강인하게 두꺼워지고
꽃들이 옅게 그려져 성숙해진다

걸어가 걸어가며 새로운 만남 사이
그려진 그리스도의 꽃향기를
내뱉다가
잠깐 뒤돌아보니
헤어짐이 있었기에 낯선 성장을 곧게 겪었구나

책 페이지가 넘어가듯, 새로운 장에서
심지가 견고해지고
사랑과 믿음은 자랐는가

종이야, 이제 접혀
비행기로 날아갈 텐가
어디로

한 줄기 빛

한 줄기 쏘아 올리는 빛을 보는가
타들어 가며 어두운 밤하늘을 밝히는

이곳저곳에서 여러 빛줄기가 쏘아 올려져
어두운 밤을 대낮 같이 밝히는 걸 상상한다

축제 같은 함성에
아픈 상처에는 새살이
밝았던 곳은 여러 배 더 밝아지고
감사와 찬양이 울려 퍼진다

이 세상의 소망이신 예수 그리스도 안에서
한 줄기 빛이 되어라
교회여,
일어나라

내가 너를

내가 너를 사랑해
너를 위해 기도해
네 마음을 들어
내가 너를 아껴
지금 모습도 사랑해

리시안셔스의 꽃잎 속에

한 단에 한 송이 꽃은
모습이 고스란히 드러나
눈에 얼른 띄네
당당하게 홀로 서 있는

한 단에 네 송이 꽃은
은은하고 여릿한 색깔로
마음에 느리게 띄네
누군가와 함께 있는

검정 글자가 적힌
거칠고 하얀 종이에
고이
감싸 안고 돌아왔다

꽃말이
변치 않는 사랑이라

마음에 꽃 네 송이가
피어올랐다

나는
한 송이에서 네 송이로
거친 종이 아닌
사랑의 손에
옮겨져 가고 있었다

꽃 속에
숨어 있는
영원히 변치 않는
주의 사랑

한 몸

모임 구석에 앉아 있던 사람도
지금 여행 간 낯선 사람도
존귀한
아, 한 몸이구나

내 발걸음이 향하는

빈 공간

주님의
사랑으로 메꾸어 가주소서
낯을 대지 않는
지혜를 주소서

한 그루 나무 아래

이상하다
문이 하나 열리더니
옆의 문도 따라 열린다

여름의 돗자리 위에서
한 그루 나무 아래
서로에게 흘러 들어가는
은혜의 기쁨

구름처럼 모여 있던 날벌레들은
한 번의 바람에 사라지고
우리 사이사이에 불어온 바람은
한 들판을 드넓게 펼친다

열리어진
신비한 공간

아하, 그렇구나

내가 만난 하나님이
네가 만난 하나님과
다르다니

나의 경험이
너의 경험과
다르다니

악수하며
아하, 그렇구나
너와 나의 다름이
다른 거여서
자유로운

너와 나
그 안에서 하나이다

Strawberry Moon

여름밤
수성 못으로 향한 우리

걸으며 같이 듣던
'달에서의 하루'
태양 아래에서 달 속으로 떠난
은밀한 특별 여행

산 뒤에 숨어 있던
Strawberry Moon
집에 돌아가는 길
점점 크게 떠올라
한 번 더 올려다봐요

여름밤
주님께로 향한 한 무리

단맛

처음 만난
케이크 조각들이 초에 불을 켜려
모여 붙었다

한 케이크가 되었다

서로 과일을 얹어주며
사랑했다

하나님 안에 한마음으로 모여
서로 퍼 주니, 케이크 단맛에
행복했다

아, 사랑이 익어 달다
행복하다

찰랑거리다

두 손 가득
담아준 사랑
찰랑거리게

그대로 떠
옆에 있는 이에게

2부

사랑을 풀어놓다

하늘의 문

마음의 열쇠 구멍에 딱 맞는 키를 꽂듯이
하나님 나라를 위해 기도할 때
마음의 방향이 그 뜻에 닿아
열려지는 하늘의 문

이미 새 생명으로 살아
얻은 복 위에
모든 신령한 복을 붓도록
열려지는 하늘의 문

남겨진 기쁨

슬픈 것도 어렵지만
기쁜 것도 어렵다

슬퍼하는 사람들은
결국 그 기쁨을 얻겠구나
기뻐하는 사람들은
슬픔을 지나온 사람들이구나

그러니 부럽지 않다
그러니 걱정하지 않는다

슬픔은 거두고 참 기쁨만
남기실, 주님
영광스러운 승리의…

행복할 수 있는 이유

내가 믿는 하나님은 전능하시다
내가 믿는 하나님은 인자하심이 영원하다
내가 믿는 하나님은 성실하시다
내가 믿는 하나님은 내 편에서 싸우신다

내가 믿는 하나님은 사랑을 확증하셨다
내가 믿는 하나님은 나의 모든 죄를 사하셨다
내가 믿는 하나님은 선함으로 나를 기르시고 돌
보신다
내가 믿는 하나님은 나를 자녀로 부르신다

내가 믿는 하나님은 나의 모든 마음을 아신다
내가 믿는 하나님은 하나님의 마음도 알리신다
내가 믿는 하나님은 나와 함께하기 원하신다
내가 믿는 하나님은…

나의 머리털도 하늘의 별도 세는 거룩한, 분

나를 책임지신다

너 울지 말라
너 소망을 가져라
너 여전히 찬송하리라

쓸어내리다

붉게, 옅게
적시는
물줄기
내게 내려와
어둔 자국들
쓸어내린다

부끄러운
내 마음 깊은 곳까지
발견해 내어
눈물로
맑게 지우신다

시원한 회개
깨끗해진 사랑
무겁게 지나간 시간
가벼이 바꾼다

(날아오른다 자유를 얻고선)

오늘이 다시 밝게
올라
빛을 비춰
새털같이 가벼워진 마음
가느다랗게 편안히 지어지는 웃음

다시
눈이 떠진다
기도의 향연
피어
빛으로
올린다

(기차를 타고 달린다)

정화된 마음의 역
어느덧
알 수 없는 정착지에
도착한 기도들
다가가는 기도들
기쁘게
이루어질 뜻

애끓는
마음
오, 하나님의
깊은 마음
살짝
내 안에서 하나로

담긴

순종에 담긴
찬양에 담긴
믿음의 기도

행하실 일을 행하시니
행하심을 볼 뿐이라
행하실 일 바라보며
믿음과 기도로
함께할 뿐이라

가까이

나를 살게 한 건
알고 보니
내가 진 십자가

십자가는
사랑, 끝까지 사랑
하나님이 사랑하는
내 곁의 사람

사랑을 얘기하는 게 두려워
주께로 시시로 피했다
살고
살아서 얻은
생명이 흘러갔다

무엇이 은혜일까

긴 시간
마음을 파고드는 깨달음
떨리는 영혼
그 길을 겸손히 걷는
십자가 사랑의 길
따스한 은혜의 비

이 길이야

감싸듯
아신다 말씀하시네
나를
나의 필요를

아신다 말씀하시네

눈이 어두워 앞을 못 봐
피해야 하는지 다가가야 하는지
모르는 내게
들려주신다

나의 좋은
선한 목자

내 양은 내 음성을 들으며 나는 그들을 알며 그들은
나를 따르느니라 (요한복음 10:27)

내 안의 그 무엇

차별 없이 대하는 자가 되게 하소서
차별을 마주할 때에도 생각게 하소서

그 기쁨을 위하여 참으신 주님,

제 안에서 능력으로 나타나소서
사랑과 절제, 능력만이 제 안에 있게 하소서

너희끼리 서로 차별하며 악한 생각으로 판단하는 자가
되는 것이 아니냐 (야고보서 2:4)

단순한 삶

그렇다. 다만 내가 깨달은 것은 이것이다.
하나님은 우리 사람을 평범하고 단순하게 만드셨지만,
우리가 우리 자신을 복잡하게 만들어 버렸다는 것이다.

—전도서 7:29 새번역

다시 제자리로

주를 사랑하고 경외하는 것
기뻐하는 것
선을 행하는 것

사랑을 풀어놓다

사랑이
사람 안에서
식어가는 걸 볼 때
내가 사랑을
안에 가두었나 생각했다

사랑의
끈을 놓지 않았는데
어느새
하나님의 사랑을
더 받기만을 원했다

내가 무엇이기에
사랑하셨나
하나님을 몰랐던 죄인인 나를
사랑한 사랑을
밖으로
풀어놓게 하소서

눈꽃송이처럼

눈꽃송이는
제각각 고유의 모양
흩뿌리는 눈꽃송이들
하나하나는 정교하고 아름답게
짜여 가는 삶

이해할 수 없는 일들
말씀으로 한 걸음
내디뎌보며

두 손을 모으고
눈은 질끈 감은 채
맡기고 기대하는
눈이 부신 삶

알 수 없지만
가슴 뛰듯 흥미진진하게

눈꽃송이가 창조되는
그 시간의 아름다움에 감사해

지금, 여기에서
눈꽃송이가 되어간다

마그마 사랑

지구를 한 바퀴 돌고
마그마가 있는 곳까지 들어갔다 나온 것처럼
조금 더 알게 된
사랑의 깊이

다른 이의 생명을 취하신
날 대신해
자신의 생명을 주신
날 대신해

얼마만큼 큰 사랑인지

있을 수 없는 두려움
그 사랑 안에는
결코 버리지 않는 확증만
그 택하심 안에는

놀랄 것 없어

너와 함께하고
네 하나님이라

3부

밭을 가는 하루

나, 여기

옆에 있는 걸 알아
손을 굳게 잡는

나, 여기 있다

물 위 무지개

내 이름을 부르실 때
어떤 생각 하실까

주현아 부를 때
하나님, 무엇을 떠올리실까

폭포 소리 나는 물 위 무지개 띄워
보여주고픈

하늘의 오케스트라 연주 배경에 춤을 추며
손길, 손길로 인도하실

잠잠히 사랑하시며
얼마나, 얼마나 기뻐하실까

부르자마자

내가 널 사랑하고
사랑하고
사랑하고
사랑하고
사랑하고
사랑하고

온몸에 쏟아지는 사랑

작은 도시락

일 년에 주보 표지 두 장
숨어 드리는 기도
일주일에 세 시간 봉사
기뻐요
충분해요 주님
드릴 수 있어서

5월의 신부

'내 눈과 마음이 네게 있어'
사랑에
폭
빠진다

널 이만큼이나 사랑해
I love you this much
두 팔을 끝에서 끝까지
펼치신 듯

윤동주의 시, 새로운 길
새로운 변기 청소
새로운 차 오일 교환
새로운 계절
더워지는 날씨

기쁘고 당당한
주님의 신부
5월의 신부

토끼풀의 상상

무릎 굽혀 바라본
키가 다 다른
토끼풀 하나
꺾어
꽃반지 만들어

기적
물이 포도주가 된
일상이 기쁨

완연한 봄

밭을 가는 하루

불을 끄고 자는 것도
이불을 덮고 자는 것도
시간을 맞춰 생활하는 것부터
다시 시작한다

무엇보다 내 마음 낮춰주셔
예수님을 닮아가고
매일 매일 밭을 가는 마음으로
예수님을 따라간다

다시 오늘은
이불을 덮고 잘 수 있도록
나 그 계획 따라가게
이끄소서

새로운 꽃들

다른 행성을 밟듯
나와서 세상을
보았다
벚꽃은 지고
새로운 꽃들이
피었다

오랜만에 교회를 갔다
오랜만에 지하철을 탔다
보이지 않던 것들이 한꺼번에
보인다

눈에 보이는 것이 선명하게 보이니
눈에 안 보이는 것들이 잠깐 가려진 줄
알았다
놓친 것 같은 주님의 마음과 섬세함은

다음 기회를
여쭈었다.
아, 많은 웃음을
주셨다

다시, 새벽

눈을 떠
주님 안으로
품에 기대어
주를 불러요

사랑, 기도, 말씀

사랑을 새롭게
기도를 새롭게
말씀을 새롭게

제게 써주세요
제게 가르쳐 주세요
제게 들려주세요

매일 매일이 새로우니
날 새롭게 해주셨으니

바꾸셨죠

온 마음을 드리는
예배

우리를 위한
기도

그의 나라를 위한
삶

오늘도 발치에 앉아
귀 기울여 듣는
사랑

천천히

새로운 동네로 이사와
낯선 건널목이 익숙해지기까지
시간

새로운 운동을 배워
어설픈 동작이 자연스러워지는
시간

너를 만나 이제는 알아채는
너의 냄새가 내 손에 배이기까지
시간

나를 옮기셔
예수 그리스도 안에 지식과 총명으로
사랑이 자라나게 하는
시간

4부

내 이름을 불러주시는 것만으로

빛의 소리

주의 날개 아래
노래하는

피난처 삼아
펜을 든

소리가 빛 되어
들리는

빛의 소리

미리 기도

내게 주실 회복에
평생 겸손하도록

나와 함께하시니
평생 담대하도록

내게 주실 복들을
평생 다스리도록

내게 부어주실 사랑에
평생 사랑하도록

물에 띄워요

없어요
지식도 지혜도 경험도
얕은 물처럼

있어요
주님께 드리는 마음
감사로 순종해요

난 알아요
물이 포도주로 변한 건
주님이 하신 걸

다 몰라요
날 향한 주님의 계획
그렇지만, 그래도

할게요

물을 가득 담으라 하실 때
두 손으로 바로

띄워요
나 자신을, 주님의 물 위에
흘러가는 배처럼

무슨 그림이야

아니, 이건 뭐지?

납작한 붓에 묻힌
올리브색, 하얀색, 파란색
플라스틱 나이프 움직임 속에 섞인
에메랄드색
정사각형 캔버스 빈 곳에
채워져 채워지고
차곡차곡 올라가
물감이 겹겹이 칠해지는

무슨 그림이야?

내 머릿속에 보이는
밋밋한 온 바다 덮을 파도의 디테일은
마지막, 마지막에
내 걸음 알고 인도하시듯

깊은 바다 위에 마침내 파도를 얹힐
그림의 길을 걸어가요
출렁이는 파도 끝에
하나님의 빛이 반짝이는

이런 그림이야

꿈과 응원

'Dream on'
꿈이 야무지다는 뜻이지만
내 눈에 보였던 건
'Keep on dreaming'

매일 아침에 보는
그저 시원해서 사신 어머니의 티셔츠 위에
글자들이 내게
응원의 깃발들을 힘차게 흔들어 준다

하나님의 꿈이 나의 꿈
하나님의 소원이 나의 소원이야
나는 언제나
keep on dreaming
내가 찬양할 때, 모두가 함께 찬양하는

기뻐하심을

기뻐하는
기뻐함을
기뻐하실

부드러운 빵처럼

위로의 손이
깊은 곳을 만진다
내 마음의

시간 여행을 홀연히 떠났다

빠른 스케이트처럼
눈물 줄기 줄기가 뺨을 타고 내려온다
슬프지 않은데
하나하나를 짚으시며
반죽하듯이
마음을 어루만진다

봐봐, 말하시며 한 번
봐봐, 하시며 또 한 번

그동안의 훈련들

사랑으로 시키심을 보여주신다
이제는
기포 없이 부드럽게 메꾸어진 마음으로

앞으로도, 함께해 형통하길
고백하게
앞으로를, 어떻게 함께할지
궁금하게
그렇게 앞으로를, 새 걸음으로
나아가게

내 이름을 불러주시는 것만으로

내 이름을 불러주시는 것만으로
행복해
참 행복해

주님 준비되어 날 부르실 때
대답해야지
얼른 대답해야지

네, 주님, 제가 여기 있습니다

바보같이 살래요

빗방울 떨어지지 않을 때
홍수 날 것 믿어
나무를 자르고 옮겨
배를 만든

주님의 때를 기다리며
주를 경외함으로

나는 아무것도 아닙니다

주님께서 은혜를 베풀지 않으면

아무리 뛰어난 목소리도
울리는 꽹과리일 뿐
아무런 능력이 없어요
찬양 안에 주님이 타고 계시지 않으면

오직 주의 자비로
은혜 베푸소서
나는 아무것도 아닙니다

행복한 기도

미리
감사하고 찬양한다

무대 위에서
조명이 계속 비추듯, 끊임없이 내게
쏟아질 은혜를 상상한다
한 분만을 높이며
평안에 감싸인
노래하는 통로

그리고 이루어 주시는 주님
그보다도 더

할렐루야

기도의 숨

운동을 할 때 몸의 한 부분을 의식하면서
숨을 내쉬면
거기에서 숨이 쉬어지는 것 같다

하나님의 품 안에 있음을 의식하고
숨을 쉬다 보면
굳었던 근육이 풀어지듯 평강이 몸에 흐른다

지금 내가 너를 의식하며
기도의 숨을 쉰다면
네 마음에도 축복의 물결이 흐르겠지?

복된 주일

반짝이는 별들이
아름답게 쏟아져
순간들이 빛나요

한 날의 동선
곳곳에서

아, 복된 주일
어떻게 표현하나요

5부

꽃잎의 결 빗을 때

주님의 초청장

내게로 오라
네 마음 쉬게 하리니

주님의 초청장

내 말을 보내
바람을 일게 하며
손바닥에 새긴 사랑

네게 보여주리니
내게로 오라

흔들리고 싶은 마음

나, 그 바람에 흔들려 이리저리, 주께로 날아가
고 싶은가 봐

꽃잎의 결

눈꽃송이 하나 만들 때
꽃잎의 결 빗을 때

너는 나를 알았니

삶에 한 땀씩 수놓고
새 울타리를 지어
너를 지키는

나를 알아주겠니

친구가 말해

누가 나를 2D의 세상에서 3D로 꺼내 줬으면,
친구가 말해

그 땅, 빛의 세계로 초대하고 싶다고.
씨가 심겨 있듯
인내와 사랑이 자라
부르게 될 노래

사랑하는 내 딸아

존귀한 내 딸아
내가 널 아노라
내가 널 도우리라
나는 네 하나님이라

나의 존귀한 나의 딸아
내가 네게 씌워준 왕관을 봐라

나의 사랑하는 내 딸아
내가 너의 손을 잡고
하늘의 위로와 하늘의 소망을
네게 주리라

일어나 함께 가자
너와 항상 함께하니
나의 사랑, 존귀한 자야

사랑하는 내 딸아

하늘과 바다

하나님,
하늘이 이렇게 아름다운데
주의 손가락으로
만들어 주셔서 감사해요

하나님,
바다가 이렇게 반짝이는데
입김을 불어 바닷물을 모아
쌓아놓으셔서 감사해요

아빠 아버지

아빠 아버지
나 집에 돌아갈 때
기대하고
찬양할래요

아빠 아버지
나 잘못 했을 때도
집에 돌아가
품에 안겨 고백하고
행복할래요

아빠 아버지
나 사고를 쳐서
돈이 필요할 때도
달려가 모두 다
말할래요

아빠의 사랑
아버지의 사랑
그 크신 사랑
넓고 깊은 사랑
알고 싶어

아빠 아버지의 사랑
오늘 더 알아
난
하나님의 딸

신호

뉴런이 다른 뉴런에게 신호를 보낸다

처음 생긴 시냅스가 빛나는 길을 만든다
뉴런들이 함께 일하도록 반짝이는 신호를 둥둥
떠워 보낸다

처음 가보는 길이 울퉁불퉁
대화의 발로 다져지다
점점 평평해져
보란 듯 맨발의 길이 된다

익숙해진 길들이 이제는 연결되어 손쉽게 한 몸
으로 일한다

움직여

사랑해 움직여
사랑해 움직여

노래하라 내 영혼아
노래하라 내 영혼아

찬양 찬양 주를 찬양
찬양 찬양 주를 찬양

움직여 사랑해
움직여 사랑해

I love the way

I love the way You walk with me Lord

I love the way You tell me in the morn' with Your words

When I seek Your face

When I hold Your hands

Completely content

주 나와 함께 걷는 것

주 내게 말하는 것

이른 아침 말씀으로

내 주님 바라보며

주님의 손잡을 때

머리부터 발까지 행복

궁금해요

하나님의 마음이 궁금해요
사랑하니까요

그게 다예요

(집에 돌아와 침대에 누우면서 하는 말)

주님이 계셔서 행복해요
사랑해요
보고 싶어요

6부

당신을 위해 기도하는 시간

선택

이걸 선택할지 저걸 선택할지
선택을 할지 말지
그런데 그게 아니었다
오늘도 난 하나님을 선택해요. 주님을 따라가요
말씀이 기준 되어, 주님의 마음에 날 드려요
사랑받은 나를

예루살렘을 두르듯이

마음에 불화살들이 몰려옵니다
이미 지나가고 청산된 과거가
살아 진행되고 있는 것처럼 보입니다
내 마음을 둘러주십시오

산들이 예루살렘을 두름과 같이
여호와께서 그의 백성을 지금부터 영원까지
두르시리로다*

지금 날 감싸신 듯

산들이 예루살렘을 두름과 같이
여호와께서 그의 백성을 지금부터 영원까지
두르시리도다*

*시편 125:2

매 순간

풀이 죽었다
실수와 연약함에
사과의 말이 오고 또 가고
우리 모두가 죄인이네요

고개가 떨어지려는 찰나에
들려오는

모든 사람이 죄를 범하였으매 하나님의 영광에
이르지 못하더니
　그리스도 예수 안에 있는 속량으로 말미암아 하
나님의 은혜로
　값없이 의롭다 하심을 얻은 자 되었느니라*

　값없이 의롭다 하심을 얻은 자 되었느니라

새롭게 하신다
희게 하신다
매 순간, 새로운 창조물로

*로마서 3:23-24

시온 산은 흔들리지 않는다

처방전만 받고
왜 약은 안 먹어?
물으셔요

내 말씀을 먹어
네 마음에 새겨
말하셔요

첫 구절을 읽자
눈물이 와장창
나와요

여호와를 의지하는 자는
시온산이 흔들리지 아니하고 영원히 있음 같
도다*

여호와를 의지하는 자는 시온산이 흔들리지 아
니하고
영원히 있음 같도다*

여호와를 의지하는 자는
시온산이 흔들리지 아니하고
영원히 있음 같도다*

*시편 125:1

누구냐

무엇이 행복입니까
어제 느낀 행복이 오늘은 어디로 갔나요
익숙하지 않은 행복에 감사하고 싶어요
아, 아,
내가 행복한 이유

이스라엘이여 너는 행복한 사람이로다
여호와의 구원을 너 같이 얻은 백성이 누구냐
그는 너를 돕는 방패시요
네 영광의 칼이시로다
네 대적이 네게 복종하리니 네가 그들의 높은 곳
을 밟으리로다*

나의 방패와 영광스러운 칼

이스라엘이여 너는 행복한 사람이로다

여호와의 구원을 너 같이 얻은 백성이 누구냐

그는 너를 돕는 방패시요

네 영광의 칼이시로다

네 대적이 네게 복종하리니 네가 그들의 높은 곳
을 밟으리로다*

마음에 스며들게 하소서

*신명기 33:29

기뻐하시는도다

비틀거리고
힘이 없지만
주를 바라는 걸음으로
나아가요.

힘차게 걸으며
당당하게 앞을 보지만
주님의 사랑을
이제는 억센 두 다리가, 여전히 힘 있게
의지해요
내 마음속, 엎드리는 경외함으로
바라봐요

여호와는 말[馬]의 힘이 세다 하여 기뻐하지 아
니하시며
사람의 다리가 억세다 하여 기뻐하지 아니하시고

여호와는 자기를 경외하는 자들과 그의 인자하심
을 바라는 자들을 기뻐하시는도다*

*시편 147:10-11

부리나케

이 방을 나서
산을 보러 가자

내가 산을 향하여 눈을 들리라
나의 도움이 어디서 올까
천지를 지으신 여호와에게서로다*

발을 헛디디게 하지 않으시고
네 영혼을 부리나케 지키신다

여호와께서 너를 지켜
모든 환난을 면하게 하시며
또 네 영혼을 지키시리로다
여호와께서
너의 출입을 지금부터 영원까지
지키시리로다*

*시편 121:1-2, 7-8

그 안으로

사랑하심
사랑하심
사랑하심

그 안으로 들어가요

웃을 수 있고
감사할 수 있는
영원한 약속

그 안으로 들어가요

　여호와께 감사하라 그는 선하시며 그 인자하심이
영원함이로다*
　여호와는 선하시니 그의 인자하심이 영원하고 그
의 성실하심이 대대에 이르리로다**

　*시편 107:1, **시편 100:5

주시지 않겠느냐

내가 누구니?
너는 누구지?

당신은 나의 아버지
나는 당신이 사랑하는 자녀

너희가 악한 자라도 좋은 것으로 자식에게 줄 줄
알거든
하물며 하늘에 계신 너희 아버지께서 구하는 자
에게 좋은 것으로 주시지 않겠느냐*

*마태복음 7:11

빛을 뿌리다

빛을 가져다주는 사람이 되고 싶어요

제 위에 빛과
기쁨을 뿌려주세요

의인을 위하여 빛을 뿌리고 마음이 정직한 자를 위하여
기쁨을 뿌리시는도다. (시편 97:11)

믿음

해를 옮겨

산더러 들려 저기 바다로 던져져라 하면 그렇게
된다고
어, 그래?
남향집에 살고 싶었는데, 해를 좀 옮겨 이 방을 비
춰 달라 할까
될 것 같았다

두세 사람

셋이 식탁에 둘러앉아 살아계신 하나님께 기도
했다
여행 가기 전까지 튼튼하게 해달라고
두세 사람이 합심해서 기도하면 이루어 주신다
잖아?

정말 그러네 오늘, 점점 튼튼해진다!

주께서 쓰시겠다

탤런트가 있는 아이에게, '나 이거 하려는데 좀 도
와줄 수 있니?'라고 담대히 물어봐야겠다
주께서 쓰시겠다고 하면 즉시 보낸다니까

나를 위한 기도

하나님, 저를 주님의 손에 맡깁니다

사랑으로 주님의 것으로 삼으셨으니 원하시는 모습으로 만들어가 주세요

저와 함께하시는 그 큰 사랑과 기쁨, 평안을 잃지 않도록 보호해 주세요

저의 연약함을 알아 항상 말씀을 가까이하는 마음과 사모함을 주시고 은혜에 춤출 수 있게 해주세요

조롱이나 칭찬에도 땅에 떨어진 죽은 씨앗처럼 반응하지 않고, 제 안에 새겨진 주님의 십자가가 대답하게 해주세요

제가 갈 천국의 아름다움과 그곳에서의 즐거움을 볼 수 있게 해주시고, 매일 매일 주께 가까이 가 제 안에 주님과 사랑이 넘치게 해주세요

제게 새롭게 주시는 모든 복들 위에 왕이 되어

주셔서, 주님의 마음과 뜻을 물으며 살게 해주세요

　임마누엘 예수님!
　지금도 살아계시니, 오늘도 나의 기도를 도우시
고 주를 따라 살게 해주세요
　나의 기쁨 주님, 감사합니다
　찬양합니다. 영원토록 찬양합니다

소울앤북 시선

새로운 꽃들이 피었다

초판 1쇄 발행 | 2024년 5월 15일

지은이 | 이주현
편집인 | 이용헌
펴낸이 | 윤용철
펴낸곳 | 소울앤북
주　소 | 경기도 파주시 회동길 325-22, 3층
편집실 | 서울특별시 중구 을지로14길 8, 618호
전　화 | 02-2265-2950
등　록 | 2014년 3월 7일 제4006-2014-000088

ⓒ 이주현, 2024

ISBN 979-11-91697-09-4 03810